푸른사상
시선

30

올랜도 간다

한 혜 영 시집

푸른사상
PRUNSASANG

푸른사상 시선 30

올랜도 간다

인쇄 2013년 6월 5일
발행 2013년 6월 10일

지은이 · 한혜영
펴낸이 · 한봉숙
펴낸곳 · 푸른사상사
주간 · 맹문재 | 편집 · 김재호 | 교정 · 김소영

등록 제2-2876호
주소 서울시 중구 충무로 29(초동) 아시아미디어타워 502호
대표전화 02) 2268-8706~7 팩시밀리 02) 2268-8708
메일 prun21c@hanmail.net
홈페이지 www.prun21c.com

ⓒ 한혜영, 2013

ISBN 978-89-5640-852-1 03810
ISBN 978-89-5640-765-4 04810 (세트)

값 8,000원

올랜도 간다

– 살아 있는 것보다 위험한 것은 없다
메모장에서 우연히 발견한 글이다
무엇을 쓰려고 해놓은 메모인지는 모르겠으나
현대를 사는 것이
그만큼 위험하다는 뜻을 함축한 듯,
그렇다면 내 시는
두려움 속에서의 비명, 아니면
불안함을 잊어보려는 노래가 될 것이다
더러는 쓸쓸하게
더러는 초조하게
서성거려야 했던 마음의 골목,
7년 만에 그 흔적을 따라가 본다

2013년 여름 한혜영

| 차례 |

■ 시인의 말

제1부

6

제2부

제3부

제4부

제1부

무거운 발

살아 있는 것들은
발의 무게를 감당할 수가 없다
상승기류를 계속해서 탈 수가 없다

가벼운 깃털을 가지고도
우주를 빠져나가지 못하는 새들
전깃줄로 되돌아와 쓸쓸하게
까딱거릴 수밖에 없는 것은
발의 무게 때문이다

발만 없었더라면 대평양 상공
어디쯤에서 멋지게 실종될 수도 있었을
나도 발 때문에 지상으로 내려와야 했다

나무도 한때는 새였다는 소문이 있다
지상으로 끌려 내려올 때의
절망을 견디지 못하고
스스로의 발에다 못질을 하고서야
한자리 붙박일 수 있었다는

알람 시계

빈손이 아니다
알람 시계
한 개씩은 가지고 세상으로 온다
오늘은 오늘의 태엽
내일은 내일의 태엽을 감으면서
일생을 산다

하늘도 숲도 바다도
개미나 바퀴벌레나 방아깨비도
태엽으로부터 자유로울 수는 없다
들판이 파랬다가 빨갰다가
까매지는 것도
저어새가 한자리에 있지 못하고
날아가는 것도 같은 이유다

백화점에선 알람 시계 외에 팔지 않는다
옷이나 신발, 전자제품
이름만 다르게 지었을 뿐이다
병원은 태엽이 헐거워졌거나

울 때와 울지 말아야 할 때를

구분 못하는 시계들로 북적이는 곳

알람 시계는 둘 중의 하나로 끝장이 난다

고장나거나 스스로 안 가거나

우산에 대한 새로운 이해

겨울의 끝자락을 물고
빗발 사납게 진저리를 치는 오후
얼굴 번들거리는 중년 사내가 버스에 오른다
스스로를 보호할
찢어진 우산 한 개도 없는 인생이라고
연민하다가 살 부러진 채
사라져간 낡은 우산들을 생각한다

세상은 우산을 들어주는 자와
들지 않는 자로 구분된다는
젖는 이와 젖지 않는 이가 공존하는 세상에서
나는 무엇인가를 생각하다가
내 오른쪽 팔뚝이 말짱한 것을 의미심장하게 본다
퍼붓는 빗속에서도 물오리처럼
젖지 않은 것은 우산을 들었던 팔뚝이다

부모들은 평생 젖기만 한다는
고정관념을 이쯤에서 해체하기로 한다
우산은 우산 받쳐주는 자의 기쁨 때문에

활짝, 활짝 퍼진다는 것을 알고 나서야

내가 늘 한기에

시달릴 수밖에 없었던 이유를 안다

슬픔의 족속들

개미들에겐 초상(初喪) 아닌 날 하루도 없다 애초에 검정 상복 차림인, 언제나 빵빵하게 준비된 슬픔의 전대 하나씩을 꿰차고 살아가는

개미들은 죽은 잠자리를 끌다가도, 칼날 위를 걷다가도, 물고 가던 빵 부스러기 길바닥에 잠시 밀쳐둔 채로 사랑하는 이의 초상을 치러야 한다 꿀 속이나 빵 속, 썩은 시체나 매운 양파 속이라 할지라도 초상을 치러야 한다 슬픔이 모자란 개미에겐 무이자로 슬픔을 빌려주면서 비장한 거사를 치러야 한다

조상 대대로 물려받은, 젖어서 서러운 발과 끊어질 듯 깊은 허기를 유전인자로 갖고 태어난

저 개미 떼!

검정 상복이 상복을 끌고 열차 칸칸이 운명을 부리러 간다 가다가 말고 간이역서 잠깐 초상을 치르고 또다시 간다 가야 하는 길이라서 부지런히 간다 며칠 전까지만 해도 사람인 줄 알았던 708호 개미가 밤사이 심장마비로 죽었다 그 주검을 엘리베이터로 끌고 가서 묻었던 개미 몇 마리 엘리베이터를 타고 되돌아온다 지나치게 슬픔을 탕진했는지 빵빵했던 전대가 홀쭉하다

말의 재활용

쓰고 남은 말을 쌓아두는 야적장이 있다면
나는 삼백육십오 일 창고에 갇힐 거야
일그러지고 찌그러진
송전탑처럼 가시가 돋친
부러진 삽날처럼 뒹구는
알맹이 쏙쏙 발라먹은 게 껍질이나
가닥가닥, 배배 비틀어 꼰 레게머리
반쯤 타다가 말았거나 지금도 불타는
뇌관 시퍼렇게 터지지 않은
말을 수선하는 일로 식음을 전폐할 거야
날마다
용접봉에 불꽃 튀기며 말을 수선할 거야
알록달록하게 페인트칠도 하고
달랑달랑 예쁜 고리도 매달아준 뒤
이 재활용품 말을
내 나머지 인생 한쪽에 쌓아놓고
인심 좋게 나눠줄 거야
지지든지 볶든지 그대 인생에
약간의 영양가를 끼치면 좋겠다고

단추를 달다가

나뭇잎 하나도 까딱하지 않는

말간 대낮에 단추를 달다가

농담처럼 부음을 듣습니다

기가 막혀

앞섶에 바늘을 꽂고 고개를 천천히

길어 올리니 삼베옷을 걸친

누런 허공이 징소리를 징징 내며

목을 놓기 시작합니다

한 번 떨어진 목숨은

절대로 달아 올릴 수가 없는 단추라네요

부음 하나에 내 앉은키가

폭삭 무너져버린, 이런 날은

귀신 눈빛이 분꽃 씨처럼 또렷하고

모가지 조금만 길게 뽑아도

저승길이 훤히 보인다고

십수 년을

그림 액자 속에서 나랑 같이 늙어가던

목련꽃이 하얗게 쉰 소리로 웅얼거립니다

죽음이란
방금 전에 내가 그랬듯이
앞섶에 꽂아두고 까맣게
잊어버렸던 바늘과도 같은 거라네요
언제 심장을 찔릴지 모르는

흔적 지우기

새알심 빼먹은
팥죽 소래기 살살 흔들었지만
소용이 없었어요
새알심 있던 자리로 고여든
물기에 들켜서 엄마한테 혼났으니까

인연 들었다 나간 자리도 그럴 거예요
마음의 가장자리를 잡고 밤새 흔들어도
눈물 반짝이지 않고는
못 배기는 것이 사랑의 흔적이겠지요

산 사람의 이별도 그렇거늘 죽음이 손을 댔던,
목숨 쏙쏙 뽑아낸 흔적이야
오죽이나 또렷하고 기가 막힐 것인지요
흙을 퍼 올린 자리가 우물이 되거나
연못이 되는 이유를 이제야 알 것 같네요

조약돌 뽑혀나간 해변으로
파도가 부지런히 다녀가는 이유

바람조차 예사로 불지 않는다는 것도 이제야 깨달아요

어느 굵은 마디를 가진 손가락이

지구의 가장자리를 잡고 가만가만 흔들어댄다는 걸

간밤에 빠져나간 목숨들의 흔적들을 지우려고

오늘 모가치의 바람이 어김없이 불고 있네요

밥통들

안전장치가 시원찮은 밥통들은
때와 장소를 가리지 않고 폭발한다
거리이거나 학교이거나 회사이거나

날아간 뚜껑은
미디어라는 고물상에서 재빨리 수거해간다
어떤 뚜껑이, 언제 어디서 무엇을 어떻게 하다가
왜 폭발했는지를 전문으로 다루는 고물상이다

불량 밥솥이 마구잡이로 쏟아져 나오고 난 후
세상은 한결 위험해졌지만
미리부터 절망할 필요는 없다
지구는 망해도 밥통은 은하수를 향해서 달릴 테니까
마른 입속에 밥 한 끼 넣어주는 일에
뚜껑 앙다물고
전력 질주, 압력을 압력으로 버틸 테니까

그러다 덜컥 고장이 나버렸던

아버지의 뚜껑을 반세기만에 열어본다

보리밥 아직도 식지 않은

아버진 끝끝내 밥통이시다

이혼

행복할 자신이 없으면 이혼하지 마라!

친절한 책이 말해주지만

행복할 자신 없어도 사람들은 이혼하지요

하필이면 그때

머리끄덩이 잡기 좋은 이혼이 옆에 있어서

감정만 뻗으면 잡히는 것은 이혼의 머리채거든요

오랜만에 의기투합한 부부가

그래 좋다! 이혼을 복창하면서

제일 먼저 찢어지는 것은 커튼이지요

당황한 비밀들은 싱크대 아래 장롱

닥치는 대로 달아나요

그래봤자 감정의 거친 손아귀에

머리채 끌려나오는 건 시간문제지만

시계란 시계는 뒤로만 돌아가고

같은 노래만 지겹도록 흘러나와요

누수에 불어터진 통장은 쉽게 찢어지고

'단란했던 한때'는 찌그러진 개 밥그릇처럼 나뒹굴지요

아이의 눈동자는 빠르게 저물어가고

저물거나 말거나 목의 핏줄 세우는 일에 전력하다보면

툭― 끊어지는 게 질기고 질긴 인연의 줄이지요

그런데 언제 계산기 두들겨

행복의 무게를 가늠해볼 여유가 있을 거라고

엉덩방아를 쿵 찧고 난 후에

정신을 차리고 보면 '이(離)' 자와 '혼(婚)' 자

하나씩을 끌어안고 나동그라져 있는 거예요

본색을 들키다

화학비료로 키운 비트루트*는
굵은 소금을 뿌려보면 대번에 안다
붉은 물이 빠지면 가짜다

굵은 소금 한 주먹에게
나도 본색을 들킨 적이 있다
사랑이 가짜라는 사실에
당황, 붉은 물
뚝뚝 흘리며 달아난 적이 있다

자신까지도 깜빡 속이던
색의 정체를 알아버린 인생이라면
너무 재미없지 않나?

행복한 한때라고
단단히 믿는 그대여 조심하시라

사방이 염전이다

* 비트루트: 선명한 자줏빛의 뿌리채소로 '사탕무'라고도 한다.

말[言語]을 타고 평생을 간다

　인생을 부리는 것은 9할 9푼이 말이다 자다가도, 죽음 직전에도 말 잔등에 올라야 한다 죽겠다는 말은 그래서 함부로 할게 아니다 말 때문에 다 저녁때 끄덕끄덕 사막으로 들기도 하고 감옥이나 찻집엘 가기도 한다 가벼운 농담이라도 함부로 하지 마라 밥이나 술 산다는 약속조차도, 사랑한다는 농담 한마디 잘못한 배우 날뛰는 악몽에 머리끄덩이 잡혀 밤새 혼나는 것도 봤다 불가능이라고는 없던 나폴레옹이 워털루에서 패한 것은 말 달릴 때를 놓친 게 원인이다 말은 눈도 귀도 가지고 있지 않다 제 몸에 입력된 정보대로 귓속을 향해 돌진할뿐, 권력이나 비밀을 가진 자는 더 조심스럽게 말을 몰아야 한다 내 말[馬]이든 네 말[馬]이든 말굽에는 요란한 편자가 있으므로, 가다가 말이 말을 만나면 교미를 해서 눈 덩어리처럼 거대한 말을 중도에 낳기도 한다 말 잔등에서 엉덩방아 크게 찧을 때는 대부분이 이런 때이다 누군가의 말이 내게로 오거나 아니면 내 말이 어딘가로 가거나 평생 말에서 말로 곡예사처럼 옮겨 타다가 끝마치는 것이 인생이다

발자국 무덤에 대한 설(說)

누대(累代)를 거쳐 실크로드를 오가는

상인이기도 한 그는 흔들어 잘 씻어진

조개껍질을 선보이며 흥정을 한다

쪽빛 비단을 걸치고 거드름을 피우기도 하는

그는 빈손으로는 절대 돌아가지 않는 장사꾼이다

조개 무덤 몇 개 모래톱에 쌓아준 대가로

부처님 귀를 닮은 어린아이의 발자국은 물론

무더기 무더기

별꽃 피워낸 도요새 무리의 발자국과

진즉 한 짝을 잃어버리고

짝짝이가 되어버린 내 발자국까지

마다하지 않고 거둬들이는 저 장사꾼은

오늘도 수레 그득해지자

돌아가야 할 곳으로 바퀴를 몰아 돌아가고 있다

물 먼지 뽀얗게 일구며 초원을 달려가는

저 둥근 바퀴가

숨 멎듯이 딱 하고 멈춰서는 나라

수심보다 더 깊은

한숨의 계단을 밟아서 내려가 보면

저렇듯이 걸어간 발자국들만 부려놓은

거대한 무덤이

수수만 개라는 설이 있다

코 무덤이나

귀 무덤보다 할 말이 많은 발자국들이

저를 버려야만 앞으로 나아갈 수 있었던

주인의 발목을 기다리며

하품 꺽꺽 하고 있다는

나그네새들

찐빵 찌는 솥단지 함부로 열기라도 한 것처럼
일제히 솟구치는 새 떼를 본 적이 있나요
수증기처럼 뽀얗게 솟구쳤던 수백 마리 새들
하늘 맷돌 빙글빙글 돌리는 장관을 본 적이 있나요

이때부터는 새 떼라고 부를 수도 없었답니다
어쩌다 지구까지 내려온
비행접시를 본다고 여겼을 뿐이지요
놀라움이 화들짝 열어젖혔던 눈 속에서
은회색 빛깔을 가진
외로움 한 대가 선회를 했으니까요

처음에는 한 마리였을 새에서
열 마리, 스무 마리
백 마리로 마구 불어났을 새들,
외로움은 보탤수록 커다란 적막이 된다는 거

말하자면 나그네새들이 운동장만 한 적막을 끌고
이동하는 걸 봤다는 얘기를 하려는 참인데요

나는 두 손을 들어

애틋함이 뚝뚝 떨어지게 흔들어줬습니다

한 손으로는 많이 부족한 배웅으로만 여겨졌거든요

나그네새들

가벼운 깃털 몇 개 떨어뜨려주고 가더군요

하필

사람의 몸을 가져 무거운 손바닥 위에

물

사방이 머리면서 꼬리이기도 한
몸통 전체가 비늘이면서 살이기도 한

양서류 같으면서도 양서류는 아닌
어떤 종(種)으로도 설명이 불가능한

무척추 장애를 갖고 태어났으나
딱 한 번
일어서는 것이 일생의 과업이기도 한

물은 보푸라기가 피도록 흘러간다
가다가 쉬다가
포기할 수 없어서 또다시 가는

흐느적거리는
물의 하체를 벌떡 일으켜 세웠다가
오체투지 한번 제대로 행하게 만들어주는

폭포!
그 아래 목젖 깊은 소(沼)가

일테면 물의 성지다

소에다 육신은 벗어두고

너울너울,

물은 영혼만 흘러가는 것이다

변기

　돌고래 순한 입술을 의심할 사람은 없겠지요 그러니까 아랫도리 훌훌 벗고 통째로 밑천을 맡기는 거겠지요 그런데 가만히 생각해보면 이보다 더한 고리대금업자가 없다는 거예요 평생 식구들 먹여 살렸다고 생각하는 가장들은 착각에서 깨어나야지요 돌고래에게 바쳐야 할 공양미 나눠주는 일에 불과했다는 것, 애비에게 얻은 곡물을 제각기 공손한 똥으로 만들어 바치는 땀까지 쫄쫄 흘리며 끙끙거리는 어린 새끼들의 표정을 보고 돌고래가 공양전(供養殿)인 것을 눈치채야 하는 거지요 조상이란 조상은 다 집어삼키고도 끊임없이 껄떡거리는 돌고래에게 매번 김 오르는 밥만을 바칠 수는 없는 노릇이어서 영혼이 괴로운 날은 밥 대신 술을 드리기도 했겠지요 그런 날은 돌고래도 중생의 슬픔을 어느 정도는 이해를 해서 컥컥! 목 메이는 것을 보기도 하였으나 태초 이래 가장 악랄한 사채업자가 돌고래라는 사실을 잊어서는 안 된다는 말씀이지요 365일 아가리 턱 벌리고 원금 회수를 재촉해대는, 변비가 그냥 변비겠어요? 괴로워 미치는 거지요 하루만 미뤄도 바짝바짝 똥끝이 타던 이유를 이제는 확실히 깨달아 알라는 것이지요

제2부

조개에게 배우기

껍질이 껍질을
배신하는 일은 없다고 했습니다
서로 때문에 산다고,
모래를 품었다가 뱉어내는 일
사람들 보기엔 지극히 사소하겠으나
한마음으로 시간을 바친다 했습니다
한 발자국의 이동도
혼자서는 한 적이 없다고,
한쪽만 술 마시러 간 적도
무늬가 다른 옷을
혼자서 몰래 사 입을
엄두조차 낸 적이 없다고 했습니다
꿈을 꾸어도 둘이
한 짝이 되어야 꾼다고,
아무리 하찮은 하품조차도
혼자서는 한 적이 없다고 했습니다

옷과 멜라니

옷을 늘리는 것은

회사 자본을 늘리는 것과 같다고 주장하는

미스 멜라니는 의상 구입에 많은 투자를 한다

옷이면 어떤 불가능도 없다고 믿는

멜라니는 옷의 신봉자이기도 하다

명품일수록 옷의 능력이 뛰어나다고 믿는

멜라니에게 옷은 종교가 된 지 오래

플라톤과 소크라테스를 들으러

대학을 다닌 것도 옷이었음을 고백한다

사업도 사랑도 옷이 아니면 할 수 없다고

믿는 멜라니는 많은 시간을 바쳐

옷을 고르거나 고른 옷들을 보여주러 쏘다닌다

옷이 나서서 설득을 하고

옷이 나서서 사인과 키스를 받아낸다고

믿는 멜라니는 때로는 갑옷

때로는 마술사의 옷을 걸치기도 한다

시원찮은 옷을 걸치는 순간

마법에서 풀린 공주라고 믿어버리는

멜라니는 옷 고르는 일로

평생을 다 써버릴 기세로 살고 있다

그 여자의 상자

여자의 상자는 갈수록 늘어났다
상자는 어디서 나는 거냐고 묻자
밤을 꼴딱꼴딱 새우며 만든다고 했다
그러길 삼십오 년째라는
여자는 용접 기술을 배울 참이라고 했다
나무 상자를
무쇠 상자로 바꿀 때가 되었다는,
여자는 하나님도 모르는
비밀번호의 열쇠가 필요하다고 했다
독버섯, 성기들이 쑥쑥 돋아나는데
비가 계속해서 내리는 것이 문제라고 했다
독버섯에게 전자발찌라니
말도 안 되는 장식이라며
발작하듯이 여자가 발길질을 해대자
상자 안에선 발정 난
수캐들의 비명 소리가 한참이나 헝클어졌다

얼음 식탁

친구는 식탁이 자주 언다고 했다
밥을 먹을 때
숟가락이 쩍쩍 붙는다 했다

반찬 접시들이 얼어서 반짝거리고
말을 할 때마다
사각 얼음이 또각또각 떨어진다고 했다

꽃병에는 만발한 얼음꽃이
한 달 내내 꽂혀
지겨울 만큼 시들지 않는다고 했다

옆집, 아랫집 유행처럼 들여놓는
얼음 식탁에선
입천장 데일 염려가 전혀 없다고 했다

가족들은 각자 취향에 맞는 사람끼리
식당에서 바글바글
맛난 대화와 웃음을 끓인다고 했다

수피(獸皮)와 세탁소

기도문 같은 주문 몇 마디에
주인들은 훌훌
벗어서 갖고 온 수피를 맡기고 간다
교회와도 같은 속성이 내재한 곳이어서
꼬박꼬박 헌금을 챙기는 세탁소 주인은
종종 자신이 수도사인 줄 착각을 한다

여기선 상처와
얼룩만을 들여다보는 것이 원칙이다
향유 대신에 화공약품을 견디면서 대속하는 것들
맞고 비틀리던 수피는
옷걸이에 매달리는 고통쯤은 기꺼이 감당한다

정작 죄인인 주인들은 끝끝내
자신이 맡긴 것이 옷인 줄 안다
지폐 한 장을 움켜쥐고 찾으러 갔을 때
수피는 우러러보아야 마땅한 곳에 걸려

막달라 마리아를 굽어보던 예수처럼

연민 가득한 눈으로

제 주인을 굽어보는 것이다

감탄의 숙주(宿主)들

성욕이나 식욕은 곰도 여우도 있지만
감탄은 인간에게만 있습니다
치명적인 약점이기도 하지요
달나라를 더럽힌 것도
복제인간을 만든다고 야단법석인 것도 감탄 때문

핵보다 무섭고 위험한
감탄에 중독된 인간들은 어떤 일이라도 저지릅니다
감탄만 쟁취할 수 있다면 전쟁터도
깎아지른 절벽의 위험도 기꺼이 무릅쓰지요

인간들의 감탄은 클수록 경계를 해야 해요
땅과 바다 궁창(穹蒼)까지도
엉망진창으로 만들어버린 감탄의 숙주들
처녀지에서 최초로 감탄사를 터트렸다면
그가 바로 숙주인 것입니다

인간이 딱 한 번 다녀간
십만 년 얼음 동굴도
그때부터 붕괴가 시작되었다는군요

험한 시간을 본다

뒤에 오세요 먼저 갈게요
여고생 둘이 이십 층에서 발을 내딛는다
밤새도록 낡은 야동을
뒤로 감았다가 앞으로 돌리는 사내
화장기 짙은 여자는 명품을 걸치고 몸 팔러 가고
노파는 죽음이 서너 발이나 질질 끌리는 줄도 모르고
아들의 아파트 주소를 들여다보고
어떤 멱살을 흔들어대는 사채업자는
제 모가지 위에
이미 죽은 사람의 얼굴이 달려 있는 줄도 모르고
악다구니를 쓰고 있다

시간이 시간을 끌고 가는
허공 가운데 선로를 따라
방금 전 또 한 대의 기차가 소리 없이 당도를 했다

사흘이면 구더기 꽃 구멍구멍마다 하얗게 피워낼
그대는 이미 기차에 올라가 있고
지금은 내가 오르고 있다

표정을 잃다

한때 당신은

천 개도 넘는 표정의 샘플을 갖고 있었어요

필요할 때마다 척척 끄집어내어 썼으니까

어떤 역할이든 고민할 필요가 전혀 없었지요

기쁘고, 슬프고 화가 나는 표정 외에도

당신의 안면은 부드럽고 섬세한 밀랍이어서

이 시대의 몇 안 되는 표정의 장인이었습니다

천만 관객을 동원한다는 배우들이

당신에게로 가서 얼굴을

빌려간다는 소문까지도 떠돌았지만,

당신 표정의 가짓수는 빠르게 줄어들었지요

처음으로 사라진 건 웃음이었고

마지막으로 사라진 건 분노였습니다

누구는 경제가 당신을 배신했기 때문이라고 했고

누구는 사랑 때문이라고 수군댔지만,

살아 있음이 가장 큰 원인이었지요

당신의 표정을 오랫동안 관리해왔던

감정의 줄이 툭툭 끊겨나가자

사방으로 금이 간

탈바가지 한 개가 고작이었습니다

완벽한 믿음

우리는 언제나 빵빵! 거리며 살지

빵을 굽다가

인생 전체를 태워버리기도 하고

빵을 아끼다가

곰팡이가 피는 시간에 절망하면서

빵이 시키는 일이라면

고분고분 말을 잘 듣는

우리는 빵 나라의 착한 벌레

저녁마다 빵을 뜯으며 내일의 빵을 걱정하네

우리의 배를 빵빵하게 채워줄

빵이 우리를 먹여 살린다고 생각하면서

빵이 우리를

잡아먹는다는 의심은 하지도 않지

참으로 완벽한 믿음이야

영원히 발효를 멈추지 않는

빵이라는 종교

질서

돌멩이에 부닥친 물은
운명처럼 갈라져 간다
손톱만큼의 거리를 피할 수 없어
헤어져 간다

바람도 그러하다
가로등에 부닥치는 순간
셀로판지처럼 찢어져 영원을 떠돌게 된다
바람의 미아들 우는 소리가
허공에 가득한 것도 그런 이유

뉴스는 사건이 아니라
시간이 만드는 것이다
일 초를 비낄 수 없어
운명이 운명과 충돌하거나
인연과 인연이
찢어져 영원히 어긋나게 된다

카오스 시대
이후의 질서는 모두 그렇게 정비되었다

해법

세상엔 '해법'이라는 말이 있다는 것을
신대륙처럼 발견하네
얼핏 주문 같아서 해법, 해법, 해법
서너 번만 지껄여도
세상의 철 대문들이 척척 열릴 것 같네
해법 없는 마음은 없고
해법 없는 감옥은 없고
해법 없는 학교는 없는 거라고

그런데 아파트 꼭대기에서
발바닥은 왜 던져버리나
한강다리 난간 사이를
서성이며 죽음은 어쩌자고 곱씹어대나

해법의 외인구단처럼
해법의 변두리를 버텨야 하네
태초에 문제가 있었던 것처럼
태초에 해법이 있었으니
아담과 하와의 후손은 후손답게

해법의 동산에서 꿋꿋하게 살아야 하네

해법의 옷을 입고

해법의 사과를 베어 먹으며

슈트를 입은 뱀

사이코패스인 K는

양복에 꽤 많은 투자를 했다

얼핏 평범해 보이지만

안으로 주머니가 수도 없이 달린

비밀을 꼭꼭 채운

주머니들은 봉숭아 씨방처럼 탱탱했고

K는 그것을 다치지 않게 조심했다

무심코 건드린 씨방에서 시체가

성별을 알 수 없는 팔다리가

실종된 미아가 튀어나오면 낭패니까

옷자락이 펄럭일까봐

바람 부는 날을 특히나 경계했던 그는

사람들이 자신의 양복

안쪽을 의심하기 시작한 다음부터는

몹시 불편해졌다 그런 와중에도

주머니를 마저 채워야 한다는

강박관념에 늘 시달렸고

하지만 그의 가장 큰 걱정거리는

혹시 실수로 자신의 양심이

쏟아지면 어쩌나 하는 것이었다

짝

우리 동네 김 할머니는

짝을 만난 지 반세기만에

불공평에 대해서 말하기 시작했습니다

키도 생김새도 다른

찻잔과 받침대가 어떻게 짝이냐고

젓가락처럼 키가 맞기를 하나

신발짝처럼 생김새가 닮기를 했나

늘 받들어야 하는 상하관계라니

도자기 부닥치는 소리가 자주 나더니

찻잔은 찻잔대로

받침대는 받침대대로 헤어졌다가

사흘 만에

받침대가 먼저 깨달았답니다

적막을 입은 채

적막처럼 앉아 있다가

도를 통하듯이

부딪힐 때 소리가 났던 것만으로

둘은 짝이었던 게 분명했다고

닭에 관한 지나친 관찰

마침표처럼 선명하지만
무얼 보는지, 시선 도무지
알 수 없는 닭의 눈동자처럼
닭의 꿍꿍이 역시
가늠할 수 없기는 마찬가지

배고픈 쥐새끼에게
밥통을 통째로 내맡기고도
꾸벅꾸벅 졸음 속으로
빠져드는 보살을
어떻게 이해를 하나?

순교하듯이
제 살을 뜯어 먹이며
다음 생으로
고요히 입적(入寂)을 하는 보살을

열대성 폭풍

면적 빠르게 줄어드는
얼음 나라 북극곰의 부고(訃告)를
우울하게 접하던 지중해 바람들은
로열 아파트를 손봐주기로 모의를 했다

파리똥보다도 더 작은 별의
주인 행세를 하던 인간 가운데
하필이면 내가 거기에 유리창을 달고 살았다

세력들은 아파트 광장에
쌈닭 수십만 마리를 풀어놓았다
검은 부리와 유리창이 밤새도록 불꽃을 튀겼다

주민들 이름은 새벽까지도 호명되었고
파투난 화투짝처럼 섞이는 통에
구분하기 어려웠으나

곰을 죽이지 않은 인간은
한 사람도 없었으므로
호명된 이름은
제 주인에게로 속속 전송되었다

제3부

낮게 흐르는 혈압

아우의 혈압은 나지막하게 흐른다네
사뭇 점잖은 구름처럼
갠지스강보다 낮고 겸손하게 흐른다네
어떤 생도 한 번의 뒤척임은 있다 하던데,
낡은 혈관 속으로 생쥐 같은 분노라도
한 마리 투입시켜보라는 누나의 말에
아우는 팥죽처럼 어두운 얼굴을 천천히 흔들었네
일파만파로 물결을 건드리는 것보다
갈대숲이 뽀얀 하구로
조용히 떠밀리는 편이 순리라 하네
좀처럼 뜨거워지지 않는 아우의 가슴
한때의 늑골은 천둥소리로 가득했을 것이네
이과수 폭포처럼 쿵쾅거리는 가슴으로
청춘을 품고 핏줄처럼 지루한 꿈도 꾸었으리
남들은 시퍼런 시간에
코를 박고 허겁지겁 뿔들을 키울 때에
눈빛 순한 아우는 한 박자가 느린 걸음으로
천천히 제 생을 몰고서 가고 있네

개미 이해하기

개미와 전쟁한 지가 일 년이다
유인책도
화학무기도 소용없는

개미를
처음으로 죽이지 않고 관찰을 했다
골리앗의 팔뚝인 줄 아는지 모르는지
죽을힘을 다해 깨물고는 똥구멍 바짝
치켜들고서 파르르 떠는 녀석을 들여다보며
그 조그만 몸에
채워야 할 창자 길이가 얼마나 된다고……
중얼거리는 순간 개미 얼굴이 커다래졌다
틀림없이 아는 얼굴이었다

그 뒤로 나는 개미에게 한결 관대해졌다
영어 배우러
학교에 가서 책을 펼쳤을 때
꼬부라진 글자 위에서 발발거리는

개미를 보고는

여기가 어디라고 따라왔어!

하하! 큰 소리로 웃을 뻔했다

오래된 고집

따라 해보세요! 디펙티브(defective)!
열두 개의 목구멍이 디펙티브를 일제히 쏟아낸다
고장 난 사출기처럼 일그러지고 찌그러진,
불량 발음이 여기저기서 나뒹군다
베트남, 중국, 호주, 브라질, 칠레, 사우디아라비아
그 속에 메이드 인 코리아도 끼어 있다

언어는 내게 있어 가장 오래된 고집이다
목구멍에 뿔을 박고서 요지부동으로 버티는
얼룩빼기 황소보다 기운이 좋고
고집이 센 모국어의 고삐를 끌고
나는 오늘도 끄덕끄덕 영어 학교엘 다녀왔다

불빛, 등불, 산길, 눈물, 입김, 길 고양이, 눈길, 버드나무,
강아지풀, 버들강아지, 새순, 포장마차, 안개, 진달래꽃, 개나
리꽃, 따뜻한 손
이런 말만 아니었으면 미 대륙에 지천으로 깔린
부드러운 영어를 맛나게 뜯었을지도
모르는 나는 아직도 박용래의 '시래기'*를 되새김질

하는 것이 행복하다 갈수록 깊은 맛이 느껴지는 것이

총보다 무서운 혀를 장착하고
세계 곳곳을 점령했던 영어는 강적을 만난 것이다
알카에다보다 지독한
내 모국어의 성벽을 뚫을 수가 없다
스무 해가 넘는 동안 영어는
철옹성 같은 동굴 입구나 약간 괴롭혔을 뿐이다

* 박용래의 「그 봄비」 중에서

신분

누가 물으면

시골 출신이라고 태연하게 대답했다

소 돼지는 물론

토끼 한 마리 키워본 적도 없으면서

농사지을 땅뙈기도 없었으면서

기억 속에 아지랑이, 메아리가 살고

뻐꾸기 울음이 사는 것만으로

착각을 했던 거다

충남 서산으로 기록된

본적을 의심하자는 것은 아니나

흙냄새도 모르고

여물 쑤는 냄새도 기억 못하고

돼지 오물도 몰랐지만

서울로 온 이후 나는 줄곧 시골 출신이었다

그리고 이번엔 미국 시민이다

50개 주의 절반도 이름을 모르면서

플로리다 주지사 이름도 모르면서

영어도 못하고

직업이라고는 가져본 적 없으면서

세금? 당연히 뗀 적 없으면서

얼굴은 노랗고 머리카락은 까만 내가

기와를 놓는 사내

바깥엔 플로리다 팔월의 열기가 지글거리고
나는 에어컨이 시원한 창가에 서서
땡볕 화살 몰인정하게 내리꽂히는
한 사내의 몸뚱이를 보고 있다

세대 수로 치자면
아흔아홉 가구의 안락함과 뽀송함을 책임지게 될
기왓장보다 더 빨갛게 구워진 저 사내
가파른 지붕 각도와
필시 지문 다 지워지고 없을
그의 열 손가락을 나는 불안해하고 있다

벌써 일 년째 신축 중인 4층짜리 콘도 10동
지붕에서 지붕으로 이동을 하고 있는
저 사내는 간밤에도 지붕에서 잤을 것이다
와이프 꿈과 딸아이 아들아이의 꿈을 꼼꼼하게 잇대며
밤새도록 거미처럼 정교한 기와 무늬를 짰을 것이다
그러다 발 헛디뎌
그 꿈 아찔하기도 하였을 것이다

거미이기도 하고

개미이기도 하고

무당벌레이기도 한

사내는 조심스럽게 일어나더니

기울어진 몸을 비틀어 바다를 보고 있다

어떤 경지의 손길이 대서양에 놓아주신

절대로 깨지지도 새지도 않는다는

물너울 기와의 비밀을

염탐이라도 하는 것처럼 멀리까지 내다보고 있다

아버지의 만년필

만년필 늘 품고만 다녔을 뿐
그것으로 뭔가를 적는 아버지를 본 적이 없습니다
함부로는 쓸 수 없는
칼이나 권총쯤 되는 줄 알았어요
우유부단의 수뇌부였던 아버지

그 흔해터진
사랑한다는 말 한 마디도 적지 못했던
어린 새끼들 데리고 어떡하든지 살아남아야 한다는
유언장 작성 따위는 더구나 엄두도 못낸

아버지 돌아가시자 어머니
만년필 쑥 뽑아들더니 힘껏 내던져버렸습니다
한평생 가슴에
꽂았다 뺐다 하면서 만지작거리기나 했을 뿐인

아버지의 마음은 아랫집 함석지붕을 데굴데굴
구르면서, 왈칵 쏟아내면서
딱 한 번

일필휘지로 시원스럽게 육두문자를 휘갈겨 썼습니다

생에 대한 야유조차도
어머니가 아니었으면 끝내 할 수 없었던 당신

아버지의 마음을 유품으로
챙겨드리지 못한 점을 이해하세요
저승에 가서도 아버지, 그 약해빠진
마음을 품고 다니며 전전긍긍할까 봐 그랬습니다

약속을 생각하다

오래전부터 이승의 마지막 장면을 상상했다
가다가 돌아보고, 가다가 또 돌아다보는
그러다 뜻밖의 광경을 목격했다
조팝꽃 같은 안개
흐드러지게 피어난 저승 문턱에 막 당도했을 때
또 하나의 내가 나를 손잡아 당겨주는 모습
하필 지구라는 행성으로 가서
애썼다 고생했다 축 늘어진 어깨 두들겨주던
나를 보았을 때 비로소 죽음이 두렵지 않게 되었다

엄마가 엄마를 만나 달빛 하얀 길을 두런대면서 걸어가고
이태 전에 떠나간 조카아이가
제 그림자 만나 어깨 단단하게 거는 모습
이승 얘기 주저리주저리 풀어놓는 것만으로도
백 년쯤은 침묵 없이 살 수도 있겠다는
생각이 들면서 불현듯 궁금해졌다
저승에도 서울역 같은 시계탑이 있을까?

있다면

첫눈 내리는 날 나하고 만나자는 약속을 거기서 해야지

생각만으로 가슴이 쿵쿵 뛰는 거였다

의자가 필요한 때

오랫동안

해 지는 걸 보지 못했다

참회의 날이 턱 없이 부족했다

오늘은 의자

계속해서 뒤로 물리면서

해 지는 것이나 보고 싶다

밥 먹는 일

귀국해서 삼 주 내내 화두가 밥이었다
밥 아니고는
회포로 통하는 길은 어디에도 없다는 듯
밥그릇에서 밥그릇으로 하루해가 건너갔다
밥이 아닌 약속 따위는 무의미한 것이어서
오로지 밥, 밥이라야지 그리움과 통했다
김 오르는 밥상만 가운데 버티고 있으면
어떠한 폭설도 조폭도 이길 자신 있다는 듯,
만날 때마다 조금 더 깊어져 있는
골짜기와 마주한다는 것은
슬픔인 동시에 안심이기도 한 것이어서
우리는 오물거리는 골짜기를 보며
웃었고, 밥을 먹었다
피자나 햄버거보다 밥의 힘을 믿는
아직까지도 아날로그 시대에 머물고 있는
우리의 그리움은 밥집에서 완성되었고
밥집 문을 나서는 순간 그 다음 밥을 걱정했다

오리(五里)도 날지 못하는 오리

비닐을 뜯고 야생 오리를 끄집어낸다
오리는 제 뱃속에 모가지를 쑤셔 박은 채
진작 지나가버린 삶을 고민 중이다

깊은 고민 속에서
공명통 없는 오리 모가지를 꺼내든다
슬픔을 켜기 적당한 악기 같아 보인다
몇 음절 짚어보다가 솟대처럼 치솟는
오리 울음에 놀라 악기를 놓치고 만다

속절없이 늙어가던 이민 1세대, 애비 오리가 맞다
방금 전 내가 떨어뜨린 악기로
얼마나 애절하게 꿈을 새끼들을 불러댔는지
내 귓속 달팽이관이 갈라진 그의 울음을 기억하고 있다
시시각각으로 얼어붙는 호수
점점 두터워지는 절망을 북처럼 둥둥둥둥!
두들기다가 늙어버린 오리라는 것도 안다

유리창 너머 저기는 네가 질러가야 할 겨울 하늘

어린 새끼들을 이끌고 끼룩거려야 옳았을 허공이다

그날 뉴저지 노래방에서 아우가 불렀던 노래도

그런 거였다 눈치라고는 없었던

나는 왜 자꾸 울음이 새느냐고 물었지만

이룬 건 없어도, 다 끝났다 한평생

고단했을 날개에 바람구멍을 깊숙하게 내어준다

어디로도 저어갈 수 없는, 이제는 찢어진 돛이다

뚝! 소리 한 번 크게 내면서, 부러진 노다

오리(五里)도 날 수 없는 게 무슨 오리겠냐고

금방 사이에 떠밀리는 오리의 생

귀향을 포기한 오리는 비로소 울지 않는다

외투

나는 지은 지 스무 해나 되는 헌 외투를 입고 있네

어느 날은 춥고 어느 날은 더워서 땀을 벅벅 흘리는

어느 날은 헐렁헐렁 몸을 겉돌기도 하고

어느 날은 작아서 숨통이 콕콕 막히기도 하는 집

큰언니 외투를 작은언니가 물려 입고

그 외투를 내가 물려 입고 나서야

빠져나왔던 사춘기 터널처럼

헌 옷 증후군이라는 것에 약간씩 시달리며

헌 아파트에 살고 있네

헌 옷이라면 피할 수 없는 보푸라기라든지

자잘하게 난 상처들, 그밖에 있지 않은가

미묘하게 뒤엉킨 전전 주인들의 냄새

외투 하나를 대물려 입으며 자랐던

내 형제를 그리워하듯이

이따금씩 이 집에 몸 담갔던 사람들을 그리워하네

외투 벗어주고 가서 혹시나 춥지는 않았는지

주제 넘는 걱정까지 해보는 것이라네

나머지 생에 또 몇 번은 헌 옷이든 새 옷이든

집이라는 외투를 내 몸에 걸칠 테지만

결국은 다 고통스럽게 벗어놓고 가야 할 허물이란 말이지

기차가 굴속을 통과하는 것처럼

매끄럽게 이승을 빠져나지 못하고

뱀이 껍질 벗을 곳을 찾아 가시밭을 기어드는 것과 같이

제 껍질을 어쩌지 못해

주둥일 짓찧으며 몸부림치는 바다와 같이

죽음들

죽음은 단수가 아니라 복수여서
죽음들이라야 마땅하다
한 가지로는 분류할 수 없는,
후줄근한 바바리코트를 걸치고
콜롬보처럼 찾아왔다가도
데리고 갈 때엔 명쾌하게
수갑을 채워서 데리고 가는 죽음도 있지만
줄곧 미행을 하다가 혐의를 잡는 순간
다짜고짜로 끌고 가기도 한다
우리 아버지가 당했던 수법이기도 한데
조카 녀석은 제 발로 찾아가
죽음에게 자수를 했다 서른아홉
생이 한창 거추장스러울 나이이긴 했다
어떤 사람은 자신의 운명 주변을
날마다 빙빙 도는 죽음을 본다고,
사람들은 각각의
수호천사가 있다는 말은 믿으면서도

수호사자가 있다는 말은 모르고 산다

그가 지켜주는 덕분에

두 번 죽는 일은 절대로 없다

이런 사발

나는 늙지도

죽지도 않을 것 같던 때가 있었다

그랬던 내가 요즘은

사약 사발을 받아놓은 듯

검은 죽음을 자주 들여다본다

어떤 날은

목련 꽃송이도 사약 사발만 같고

그런 날은

어울리지 않게 착해지기도 하는 것인데,

사약 사발은 무한 복제까지 서슴지 않았다

은하마을 총총한 보시기까지

온통 사약으로 찰랑거리는 것이었는데

나는 발칙한 상상까지 하는 거였다

받아라! 그러면 장희빈처럼

당차게 사약 사발을 엎어버리는

그냥은 죽을 수 없다는 오기가

사뭇 발동을 하는 거였다

젖무덤을 내려놓다

브래지어를 안 하고는 대문 밖을 나가면
예의범절에 절대적으로 어긋나는 줄 알았던
나는 종종 노 브래지어로 룰루 랄라 외출을 하네
풍성한 겉옷으로 위장하거나 팔짱을 끼거나
아무튼, 평생을 받들어 모신 젖무덤도
귀찮고 하찮아졌다는 말을 하려는 거네
한때는 자랑이었던 여자를
여자이게 했던 젖무덤을 점점
하찮은 곳으로 내려놓기 시작했다는 말
숨 막히기는 평생을 받들어 모신 그대도 마찬가지지
옥죔과 근지러움을 견디며 살아온 날들에게
이제는 침 뱉고 싶어 밥상도 그대도
우당탕 퉁탕! 소리가 나게 함부로 놓고 싶어
관습 따위는 모조리 팽개치고 싶다는 생각
젖무덤 함부로 내려놓을 나이가 되면
여자는 하늘마저도 모실 수가 없게 된다네

트렁크가 트렁크에게

지겨운 나를 개 끌듯 끌고 어디든 갈 수는 없나
해골만 달랑 넣은 트렁크 덜덜거리며 끌고
유럽으로 간다던 802호 트렁크 부부를 엘리베이터서
본 적이 없나 당신은 일탈, 이탈도 할 줄 모르나

나를 끌고는 대한민국으로밖에는 갈 줄을 모르는
내 뱃속에 꾸역꾸역 선물 옷가지나 챙겨야 되는 줄로 아는
반세기를 살고도 아직도 고지식한
부부싸움을 하고도 집 바깥으로 나간 적이라고는 없는

그 쪼그라진 쓸개랑 간이랑 내장 훌훌 나한테 쓸어 담아
덜덜거리며 끌고 갈 수는 없나 핏물을 뚝! 뚝!
실감나게 떨어뜨리며 갈 수는 없나
없으면, 내가 당신에게로 들어갈 수는 없나
인간 트렁크인 지퍼 망가져 쉽게 열리지도 않는

제4부

핸드폰 뚜껑을 여닫듯이

수수목처럼 익은 해가
서쪽으로 낭창하게 휜 때 하필이면
홀린 듯이 졸음이 밀려와 몸 동그랗게 말고 눕는다
반나절 자판 좀 두들겼다고
손가락 마디마디 분홍 새우가 톡톡 튀어 오르고
손목 틈새엔 영민한 가재 한 마리 틀림없이 숨어서 산다

어느 틈에 나 이렇게 헐거워졌지?

잠만 들면 감쪽같이 해체되어버릴 것만 같은
위기의식에 시달리며 매미 소리를 듣고 있다
전생에도, 전전생에도
우는 직업 말고는 해본 것이 없는 곡비(哭婢)
어디선가
산오이풀 냄새가 쓸쓸하게 났던 것도 같고
도돌이표를 읽고 다급하게 선회를 하는
도요새 무리들의 시끄러운 날갯짓 소리를 들은 것도 같다

문득, 한 목숨 열렸다 닫히는 일이
핸드폰 뚜껑을 여닫는 일처럼 간단해 보인다

올랜도 간다

대구탕, 순두부 한 그릇 만나러 고향집 간다
시간 반도 넘게 운전을 해서 올랜도 간다

고맙다고, 고맙다고 대구탕, 순두부가 고맙다고
같이 밥 먹어줘서 고맙다고

벌건 얼굴로 꾸벅꾸벅 맞절하러 올랜도 간다
이것이 생(生)이지 펄펄 끓는
뚝배기에 숟가락 담가보려고 올랜도 간다

비라도 내리는 날은
좀 더 멀리까지 나가보고 싶지만
그것이 눈발이라면
영영 달아나 돌아오지 않을 수 있을 테지만

플로리다서 눈발이라니? 당치도 않은 말 때문에
귀갓길 아직 지우지 못하는

우리는 생리를 치르듯 한 달에 한 번
꼬박꼬박 올랜도 갔다가 집으로 온다

첫눈

전화선을 타고 오는
서울의 첫눈은 반칙이다

어머머, 눈이야 눈!
호들갑을 떠는
당신은 반칙이다

방금 전까지 청청했던
플로리다 하늘에
검은 맷돌을
사정없이 돌게 만들어버린

민소매 차림의 나를
서울역
인사동으로 불러들이는
첫눈은,
당신은 진짜 반칙이다

세발가락도요새

어두컴컴하게 저물어가는 해변에 앉아
작은 도요가 하는 짓거리를 지켜보고 있다

물 나가자 미싱 바늘이 나가듯이
따르륵! 따르르르르르륵! 뛰쳐나가는 어린 새의 발목

나는 살면서
허기가 저토록 **빠른** 속도로 이동하는 것을 본 적이 없다

꼴까닥 꼴까닥 저물어가는 모래밭에 고갤 처박고
저토록 간절한 물음표로 제 삶을 캐묻는 새를 본 적이 없다

한 끼 벌어 한 끼 먹어야 하는
잔고(殘高)라고는 가져본 적도 없는, 가난한 새

바닷가 풍경

해변을 따라 전량 4호차인 미니 기관차가 달려오고 있습니다

가장의 꼬리를 물고 아내가, 엄마의 꼬리를 물고 계집아이가, 계집아이의 꼬리를 물고 사내아이가 혁혁! 학학! 삐뚤빼뚤 달려오고 있습니다

전생서부터 따라온 듯한 강아지 한 마리, 그 기차 놓치면 다음 생으로 가지 못해 낭패를 당하기라도 할 것처럼 뛰다 서고, 뛰다가 또 서서 혓바닥 길게 뽑고는 학학거립니다

나는 석양을 배경으로 앉아
저 미니 기관차가 머잖아 당도할 후생(後生)의 역 이름으로 무엇이 어울릴까를 골똘하게 생각하느라
등짝에 빨갛게 불이 붙은 줄도 모르고 있습니다

사각에 갇히다

미합중국 비자 발급은
사각 상자에 못 박히는 소리로
탕탕! 명료하게 완성되었다

어리둥절해 하는 사이
상자 바깥의 말소리는
확연히 달라져 있었다

다른 바퀴들은
낯선 언어가 지시하는 대로
뿔뿔이 굴러 달아났지만
나는 넓으면서도
답답한 공간에 안전하게 짱 박혔다

스물세 해가 될 때까지
한 바퀴도 구르지 못한
나는 메밀껍질처럼
수북하게 알껍데기만 쌓고 있었다

백 년이 간대도 절대로 구를 수 없는

내 지구는 태평양을 건너온 뒤로

한 번도 둥근 적이 없었다

봄날 한때의 이런 교신

끓는 주전자 흰 꽃 폭폭 피워냅니다

지난봄 철둑길에 늘어섰던 벚꽃 나무도

저런 식으로 경부선을 따라오고 있었지요

100° 이상 펄펄 끓는 가슴이면

이승이든 저승이든 못 갈 데가 있겠느냐고

날마다 헤어져도 진짜 이별은

모르게 생겨먹은 건너편 아가씨에게

나는 말이지요 삶은 계란을 쥐어주듯

이런 얘기 하나는 꼭 들려주고 싶어지대요

가슴 폭폭 끓이는 일 없이

함부로 꽃 피어날 까닭이 있겠냐고

불개미를 눌러 죽이듯 휴대폰 번호판을 꾹꾹

눌러 죽이며 몇이나 되는 사내에게 거짓 사랑을

쉴 새 없이 달싹거리던 아가씨 빨간 입술을 바라보며

나 혼잣말 중얼거리는 사이에 기차 부산역에 당도합디다

오장육부를 퍼 올리는 어떤 여자

울음소리에 한참이나 부산역 화장실에 갇혀 있었지요

오래전 이별을 기억하던 내 쪽 변기가

크르렁 컥컥 큰 울음을 두 번이나 삼키대요

그때서야 옆 칸 그 여자 울음 겨우 그칩디다

이쪽 사연을 대충은 알았다는 얘기겠지요

그게 아니라면 또 어떻겠어요

화장 뽀얗게 고친 그 여자

봄볕 가득한 부산역 광장을

벚꽃처럼 건너갔으면 되었지요

그해 겨울은 갑자기 찾아왔다

그해 겨울은 칼금을 긋듯이 찾아왔다
다급해진
새끼 뱀 몇 마리가 집 안으로 기어들었다
독주머니를 차지 않은
어린 것들이었으나
나는 자비를 베풀지 않았다
내 발꿈치를
노리는 놈의 후손이라는 사실만으로

그리고 십 년이 지나
그때의 목숨들을 생각한다
추위에 쫓겨
문지방을 넘어설 때
제 어미보다 더 붉게 번들거리는
여자의 눈과 맞닥뜨렸을 때
어린 것들의 가슴에서
얼마나 뜨거운 콩들이 튀었을까, 하고
나도 언젠가는 급하게 넘어야 할
문지방을 생각해보는 것이다

헛발

가랑잎 덤불 무심코 밟았다가
폭발 소리에 엉덩방아를 크게 찧었습니다
암꿩 날개 펴지는 소리,
뛰는 가슴을 누르고 암꿩을
올려다보는 사이
머슴애들의 손에서는 꿩 알이 건너다녔습니다
너도 만져봐,
나는 종이배처럼 오므린 손바닥으로
새알을 받아들었어요
두근두근, 호기심으로 살살 꿩 알을
굴리는 사이 나는 어른이 되어버렸고
오늘에서야
열 살의 봄날을 생각합니다
무심코 내디딘 헛발 때문에
풍비박산을 했을 까투리 일가
봄이면 죄인처럼
불안해지는 까닭을 이제야 알 것 같습니다

마중물

올려다보면 캄캄한
빠져나갈 구멍이 도무지 보이지 않던
절규해도
울림통만 겨우 울리고 말 뿐이던
두 발 동동거리다
맥을 놓고 바닥에 널브러질 때
불쑥 손 내밀어 끌어올려줬던
그대는 내게 마중물이었네

지하의 어둠과 차가움에 흠뻑 젖으며
구조대처럼 앞장서서 이끌어주던
그대 덕분에 세상 밖으로
콸콸 쏟아졌던
나는 누구에게 마중물인 적이,
아마도 없을 거야
녹물이나 붉게 품었을 뿐

삐뚤어진 고개

병석에 누운 지 삼 년
문 열어놓고 거실 쪽만 바라보시던
어머니의 고개가 삐뚤어졌다는

카페에 올라온 글을 읽다가
오래된 피아노 건반처럼
들쑥날쑥,
삐뚤어진 내 경추를 더듬어본다

인터넷 마을을
우물처럼 들여다보는 동안
카카오톡, 페이스북, 트위터
밤늦게까지
그리움을 두레박질을 하는 동안
꺾어지고 삐뚤어진
나,
고개

겨울 바다를 읽다

자판 위에서 도요들이 종종거린다

북쪽에서 내려온 사람 몇은
겨울 바다를 읽는 게 쉽지 않다는 듯
인상을 찌푸리는데
굵은 말씀 몇 줄이 연거푸 밀려온다

행간으로 보아 운문이 분명한,
이것을 읽었는지
사내 하나가 만족한 얼굴로 돌아선다
최소 한 달은 버틸 것 같은 표정이다

도요는 한층 빠르게 자판을 두들겨대고
바다는
나머지 사람을 위해 조금 더 심각해진다

해변으로 밀려와
낱낱이 흩어지는 자음과 모음
아이들은 부서진 언어의 퍼즐을
끼워 맞추며 깔깔거리며 놀고 있다

풍경 소리, 그대

연속극 사이, 사이로
베란다 물고기 풍경
소리가 끼어들고 있다

약간의 방해를 받은
나는 처음인 듯
낯익은 물고기를 바라보다가

우리는 서로에게
지루할 만큼 오랫동안 걸려 있는
녹슨 풍경이라고 중얼거린다

소리를 낼 때만 기억하는
나는 너를 잊은 채 살고
너도 나를 잊은 채 살고

오늘은 물고기 풍경이
풀벌레 소리를 내면서 운다
그대다

거울 감옥

날마다 거울을 사들이는군요 그때마다 늘어나는 내가 두려워요 고개만 돌리면 부닥치는 저에게 제가 무슨 위로의 말을 해줄 수 있겠는지요 관리해야 할 것들이 그만큼 늘어난다는 걸 당신도 알아야 해요 관리는 매우 귀찮은 일이지요 열 개의 밥그릇과 열 개의 화장품 열 개의 노트북이 필요한 여자가 경제를 망칠 수도 있다는 점도 염려하면 좋겠어요 당신이 거울을 사들이는 습관, 물론 처음은 아니지요 한때의 거울은 전부가 당신만을 위한 것이어서 덥수룩한 당신이 침대에서 잘 때 신사복은 입은 당신은 운전대를 잡고 출근을 했지요 또 하나의 당신은 정원서 내내 일을 했던가 봐요

증권처럼 겁나게 불어나던 거울을 깨뜨리기 시작한 때가 언제인지, 당신은 기억하나요? 하나를 깨면 하나의 당신이 사라진다는 원리를 깨닫고 미친 듯이 껄껄거리며 거울을 깨뜨리기 시작했던 밤에 대해서 묻는 거예요 그날 이후 거울 따위를 사들이는 욕심이 당신한테 사라진 줄 알았어요 오히려 한 개의 거울마저도 박살을 낼까 봐 내 마음이 조마조마할 지경이었다고요 거울 없이도 지금까지 잘 견뎠잖아요 물론 파경(破鏡)과 동시에 사라졌던 당신 가운데 하나가 다녀가는 밤이

면 환상통처럼 당신은 당신을 앓았지만 조금도 문제될 것은 없어보였어요

그런데 또다시 거울이라니요 나는 진솔한 대답을 원하는 거예요 거북이처럼 얼굴이 사라져버린 아내와 밥을 먹고, 티브이를 보고, 섹스를 하다가 더는 견딜 수 없이 외로워져서 둥둥 떠다니는 입술로 온 집 안을 채워놓고 사랑해 좋아해 주파수만 맞추면 라디오처럼 흘러나오는 위로의 말이 듣고 싶어졌다거나 그보다 더 단순해져도 좋겠지요 점점 불어나는 거울을 닦을 여자가 더 많이 필요해졌을 뿐이라거나, 하여간에 달아나고 싶어도 어느 것이 진짜로 나인지를 알 수 없어서 실행에 옮기지 못할 지경이군요 그렇다고 저 많은 나를 다 데리고 도망칠 수도 없는 노릇이잖아요

이제라도 거울 깨뜨리는 방법을 고민해야 되겠어요 솔직히 그때는 거울 깨는 당신을 알고 싶지도 않았거든요 산다는 것이 제법 그럴싸한 일이라고 여겨졌던 때이긴 했지만요

이상도 해라

어쩌다 반세기 전의 마을로 들어섰어 길 고양이처럼 마을을 어슬렁거리다 옛날 시간을 만난 거야 금 간 유리창 아래 소주병 거꾸로 박힌 화단 식구들 입술이 종이꽃처럼 피어 있네 그날 이후 물을 한 방울도 못 얻어먹은 거야? 이상도 해라 그 때가 장마였는데

텔레비전은 하루살이 떼처럼 끓고 우물 안에선 늙은 팝송만 흘러나오고 움직이지 않는 그네를 타고 올라가 시들어버린 호박꽃 옆으로 '니가 독구니?' 물어도 대답 못하는 이빨 빠진 개가 꾸벅거리네 목소리 크던 사람은 다 어디로 갔지? 식구들의 목을 조이던 등나무는

누가 마을을 이렇게 눌러버린 건지 압축기에 들어갔다 나온 밥풀떼기처럼 집과 나무가 엄마 유방과 아빠 성기가 납작해졌네 낡은 레코드판처럼 중얼거리며 마을을 돌고 돌았네 이상도 해라, 참 이상도 해라

시쓰기의 자의식을 통한 심미적 사유와 감각

─ 한혜영의 시세계

유성호

1

올해로 등단 20년을 맞는 한혜영 시인은, 시집 『태평양을 다리는 세탁소』(2002), 『뱀 잡는 여자』(2006) 등을 출간하면서 지속적으로 자신만의 시세계를 이어왔다. 그것은 가령 "사유 깊고 인간미 넘치는"(맹문재) 외관을 충실하게 거느리면서, 그녀를 우리 시단의 견고하고 반듯한 서정시인으로 기억하게끔 해왔다. 그동안 그녀 시편이 축조해온 축(軸)은, 하나가 미국 이민자 시인으로서 겪어온 구체적인 경험적 애환이었다면, 다른 하나는 깊은 서정에서 우러나오는 그녀만의 시적 사유와 감각이었다고 할 수 있다. 그 경험과 사유와 감각이 한혜영 시인을 오롯한 개성적 세계로 이끈 자양이 되어왔던 것이다.

이번에 펴내는 신작시집 『올랜도 간다』(푸른사상, 2013)는, 근원적으로 "내 시는/두려움 속에서의 비명, 아니면/불안함을 잊어보려는 노래"(「시인의 말」)라는 시인 자신의 고백을 형상적으로 실천하는 데 바쳐진다. 그것은 이전 세계의 심화된 세계요, 새롭게 펼쳐져갈 그녀 시편들의 전환기적 징후를 보여주는 세계인데, 시인은 그 안에서 '두려움'과 '비명'과 '불안'으로 출렁이는 세계를 넘어서고 치유하려는 열정을 노래함으로써 더욱 성숙한 심미적 진경(進境)을 보여준다. 그래서 우리는 7년 만에 세상에 나오는 그녀의 목소리를 통해 지상의 존재로서의 무게와 피로감 그리고 그것들을 이겨내려는 의지의 역동성이 결속되는 순간을 동시에 목도하게 된다. 이 모든 것을 시인은 지상을 딛고 살아가는 '발'의 은유로 보여주고 있다.

> 살아 있는 것들은
> 발의 무게를 감당할 수가 없다
> 상승기류를 계속해서 탈 수가 없다
>
> 가벼운 깃털을 가지고도
> 우주를 빠져나가지 못하는 새들
> 전깃줄로 되돌아와 쓸쓸하게
> 까딱거릴 수밖에 없는 것은
> 발의 무게 때문이다
>
> 발만 없었더라면 태평양 상공
> 어디쯤에서 멋지게 실종될 수도 있었을
> 나도 발 때문에 지상으로 내려와야 했다
>
> 나무도 한때는 새였다는 소문이 있다

지상으로 끌려 내려올 때의

절망을 견디지 못하고

스스로의 발에다 못질을 하고서야

한자리 붙박일 수 있었다는

—「무거운 발」 전문

살아 있는 모든 존재들은 한결같이 "발의 무게"를 감당하고
살아가야 한다. 하지만 아이러니컬하게도 그 누구도 "발의 무
게"를 제대로 감당하는 일은 거의 불가능하다. 가령 날아가는
새들이 상승기류를 계속 타지 못하는 것도 "발의 무게" 탓이
다. 여기서 '가벼운 깃털/무거운 발'의 대위(對位)는 '천상/지
상'의 그것으로 전이되어, 살아 있는 모든 것들의 존재론적
숙명 같은 것을 환기한다. 그러니 '발'만 없었더라면 새들은
우주를 빠져나갈 수도 있었을 것이다. 마찬가지로 시인 역시
'발' 때문에 지상으로 내려와야 했고 어디론가 사라지지도 못
했다고 고백한다. 이쯤 되면 '발'이란, 신체의 불가피한 일부
를 넘어서 지상의 착근에 반드시 필요한 실존적 장치로 몸을
바꾼다. 그러니 '나무'들도 "지상으로 끌려 내려올 때의/절
망"의 힘으로 스스로의 '발'에 못질을 하고서야 한자리에 붙
박였다는 것 아닌가. 그렇게 한혜영 시인은 '새=나무=자신'
이라는 느슨한 동일성의 체인을 통해 모든 목숨 있는 것들의
운명적 한계와 그럼에도 불구하고 그치지 않는 지상적 착근에
의 열망을 동시에 보여준다. 요컨대 우리는 모두 '발'을 가져
서 지상에 '발 붙이고 살아갈 수밖에 없는 것이고, 그럼으로써
한자리에 붙박인 채 존재론적 동일성을 유지해갈 수 있는 것

이다. 그러니 '발'은 천상으로 이월하지 못하는 한계이자 지상으로 착근하는 유일무이한 근거가 되는 것이다. 한혜영 시인의 목소리는 이처럼 인간의 존재론적 탐색에 깊이 바쳐져 있다.

누대(累代)를 거쳐 실크로드를 오가는
상인이기도 한 그는 흔들어 잘 씻어진
조개껍질을 선보이며 흥정을 한다
쪽빛 비단을 걸치고 거드름을 피우기도 하는
그는 빈손으로는 절대 돌아가지 않는 장사꾼이다

조개 무덤 몇 개 모래톱에 쌓아준 대가로
부처님 귀를 닮은 어린아이의 발자국은 물론
무더기 무더기
별꽃 피워낸 도요새 무리의 발자국과
진즉 한 짝을 잃어버리고
짝짝이가 되어버린 내 발자국까지
마다하지 않고 거둬들이는 저 장사꾼은
오늘도 수레 그득해지자
돌아가야 할 곳으로 바퀴를 몰아 돌아가고 있다

물 먼지 뽀얗게 일구며 초원을 달려가는
저 둥근 바퀴가
숨 멎듯이 딱 하고 멈춰서는 나라
수심보다 더 깊은
한숨의 계단을 밟아서 내려가 보면
저렇듯이 걷어간 발자국들만 부려놓은
거대한 무덤이

수수만 개라는 설이 있다

코 무덤이나
귀 무덤보다 할 말이 많은 발자국들이
저를 버려야만 앞으로 나아갈 수 있었던
주인의 발목을 기다리며
하품 꺽꺽 하고 있다는

— 「발자국 무덤에 대한 설(說)」 전문

이번에는 '발자국'이다. 오랜 시간 실크로드를 오갔던, 빈손으로는 절대 돌아가지 않았던 한 상인이 "부처님 귀를 닮은 어린아이의 발자국"과 "무더기 무더기/별꽃 피워낸 도요새 무리의 발자국" 그리고 "짝짝이가 되어버린 내 발자국"까지 모두 거두어들이는 상상적 장면이 펼쳐진다. 그리고 그는 수레 가득 발자국들을 싣고 "돌아가야 할 곳"으로 돌아갔다. 이러한 상상적 발자국들의 거소(居所)인 초원에서, 그리고 "저 둥근 바퀴가/숨 멎듯이 딱 하고 멈춰서는 나라"에서 시인은 수심(水深/愁心)보다 더 깊은 한숨의 계단을 밟아 내려가 거대한 '발자국 무덤'에 가 닿는다. "코 무덤이나/귀 무덤"보다 훨씬 할 말이 많은 '발자국'들이 시인에게 "저를 버려야만 앞으로 나아갈 수 있었던" 이치를 짐짓 가르쳐주는 순간, 그 발자국들이 주인의 발목을 기다리고 있다는 소문은 우리로 하여금 지나온 '발자국'이야말로 우리의 존재 형식이요 최종적 소멸의 형식임을 알게 해준다. 이처럼 시인은 '발자국 무덤'이라는 상상적 형식을 통해 "적막을 입은 채/적막처럼"(「짝」) 사라져가는 삶의 흔적을 채집하고 있는 것이다. 지상에 '발'을 딛고 살아가면서 끝내는 '발자국'을 남기고 사라져가는 인간의 존재 방식은 한혜영 시편에서 이처럼 아름다운 부조(浮彫)의 형상을 얻은 것이다.

2

모든 시인에게 '말(언어)'이란, 궁극적 목소리를 실어 나르는 불가피한 도구요 생성적 울타리일 것이다. 그렇기 때문에 시인들은 자신의 시편들 갈피갈피에 '말'에 관한 짙은 자의식을 풀어놓게 된다. 한혜영의 시세계는 바로 '말' 자체에 대한 자의식에 바탕을 두고 있다는 점이 특징적이다. 그녀는 고국에 대한 향수와 모국어에 대한 애착을 중심으로 하여, 자신의 '말'이 지속적이며 불가항력적인 존재론적 숨결임을 고백한다. 그리고 '말'을 통해 자신을 미적으로 완성하는 '시쓰기'야말로 이민자 생활을 관통하면서 존재하는, 양도할 수 없는 자신의 존재 방식이라고 노래한다. 그렇다면 과연 그녀에게 '말' 혹은 '시쓰기'란 무엇이었는가.

쓰고 남은 말을 쌓아두는 야적장이 있다면
나는 삼백육십오 일 창고에 갇힐 거야
일그러지고 찌그러진
송전탑처럼 가시가 돋친
부러진 삽날처럼 뒹구는
알맹이 쏙쏙 발라먹은 게 껍질이나
가닥가닥, 배배 비틀어 꼰 레게머리
반쯤 타다가 말았거나 지금도 불타는

뇌관 시퍼렇게 터지지 않은

말을 수선하는 일로 식음을 전폐할 거야

날마다

용접봉에 불꽃 튀기며 말을 수선할 거야

알록달록하게 페인트칠도 하고

달랑달랑 예쁜 고리도 매달아준 뒤

이 재활용품 말을

내 나머지 인생 한쪽에 쌓아놓고

인심 좋게 나눠줄 거야

지지든지 볶든지 그대 인생에

약간의 영양가를 끼치면 좋겠다고

—「말의 재활용」 전문

   그녀의 주위를 둘러싸고 있는 것은 온통 "쓰고 남은 말"들이다. 그것으로 만일 야적장을 만든다면 자신은 창고에 갇힌 채 살아갈 것이라지 않는가. 그러니 그녀는 '시인'이란 "일그러지고 찌그러진" 말들, "송전탑처럼 가시가 돋친/부러진 삽날처럼 뒹구는" 말들, "뇌관 시퍼렇게 터지지 않은/말"들을 채집하고 수선하는 일에 매달리는 존재로 화한다. 날마다 불꽃 튀기며 '말'을 수선해갈 시인으로서의 이러한 존재론은 "재활용품 말"을 인생 한쪽에 쌓아놓고 살아가는 것을 함의한다. 그 '말'이 타인에게까지 감염되어 '그대' 인생에 영양가를 준다면 얼마나 좋을 것인가. 이렇듯 한혜영 시인은 "인생을 부리는 것은 9할 9푼이 말"(「말[言語]을 타고 평생을 간다」)이며 "평생 말에서 말로 곡예사처럼 옮겨 타다가 끝마치는 것이 인생"(같은 작품)이라는 고백을 통해 '말'의 예술사로서 이 시인의 본

원적 직능을 고백한다. 혹은 "언어는 내게 있어 가장 오래된 고집"이며 "알카에다보다 지독한/내 모국어의 성벽을 뚫을 수가 없다"(「오래된 고집」)면서 모국어의 예술로서의 '시쓰기'를 운명적으로 받아들인다. 말할 것도 없이, 이러한 고백과 다짐은 "해변으로 밀려와/낱낱이 흩어지는 자음과 모음"(「겨울 바다를 읽다」)을 섬세하게 들을 줄 아는 시인의 품에서 발원하는 것이다.

만년필 늘 품고만 다녔을 뿐
그것으로 뭔가를 적는 아버지를 본 적이 없습니다
함부로는 쓸 수 없는
칼이나 권총쯤 되는 줄 알았어요
우유부단의 수뇌부였던 아버지

그 흔해터진
사랑한다는 말 한 마디도 적지 못했던
어린 새끼들 데리고 어떡하든지 살아남아야 한다는
유언장 작성 따위는 더구나 엄두도 못낸

아버지 돌아가시자 어머니
만년필 쑥 뽑아들더니 힘껏 내던져버렸습니다
한평생 가슴에
꽂았다 뺐다 하면서 만지작거리기나 했을 뿐인

아버지의 마음은 아랫집 함석지붕을 데굴데굴
구르면서, 왈칵 쏟아내면서
딱 한 번

일필휘지로 시원스럽게 육두문자를 휘갈겨 썼습니다

생에 대한 야유조차도
어머니가 아니었으면 끝내 할 수 없었던 당신

아버지의 마음을 유품으로
챙겨드리지 못한 점을 이해하세요
저승에 가서도 아버지, 그 약해빠진
마음을 품고 다니며 전전긍긍할까 봐 그랬습니다

　　　　　　　　　　— 「아버지의 만년필」 전문

　'만년필'이란 잉크의 줄을 흘려가면서 글을 쓰는, 정성과 품격을 갖춘 아날로그적 필기도구이다. '만년필'로 고통스럽게 삶을 기록하고 고치고 정리하는 과정 자체가 '시쓰기'의 은유일 것이다. 시인의 기억 속에 아버지는 '만년필'을 늘 품고만 다니셨을 뿐, 무언가를 쓰는 모습을 보이신 적이 없다. 흔하디흔한 "사랑한다는 말 한 마디"도 적지 못했던 '만년필'을 가지고 아버지는 '유언장'은 물론 그 어떤 글도 쓰지 않으신 채 돌아가셨다. 그때 어머니는 아버지의 만년필을 힘껏 내던져버리셨고, 그 순간 "한평생 가슴에/꽂았다 뺐다 하면서 만지작거리기나 했을 뿐인//아버지의 마음"이 "딱 한 번" 일필휘지가 되어 나타났다. 그러니까 '만년필'은 끝내 아버지의 유품으로 남지 못했다. 하지만 여전히 유품과도 같이 남은 "아버지의 마음"을 만져드리지 못한 점을 안타까워하면서, 시인은 아버지가 내내 간직하고 살아오셨던 '만년필'이야말로 그분 생의 '일필휘지'의 침묵이었음을 깨달아간다. 결국 아버지는 '침묵'으로서의 '(글)쓰기'를 지속하셨던 셈이다. 이렇듯 시인은 자신을 둘러싼 아버지의 '말'과 '침묵' 사이를 오가면서 "죽음이란/방금 전에 내가 그랬듯이/앞섶에 꽂아두고 까맣게/잊어버렸던 바늘과도 같은"(「단추를 달다가」) 것임을 이해하면서 "사라져간 낡은"(「우산에 대한 새로운 이해」) 아버지의 마음과 침묵을 읽는다. "마음의 가장자리를 잡고 밤새 흔들어도/눈물 반짝이지 않고는/못 배기는 것이 사랑의 흔적"(「흔적 지우기」)이라는 점을 새삼 알아간다. 그 모든 것이 '말'과 '침묵' 사이에서 힘있게 건져 올린 시인으로서의 "본색"(「본색을 들키다」) 때문에 가능했을 것이다.

3

그동안 한혜영 시인은 이민자 시인으로서 매우 유려한 모국어의 결과 품을 유감없이 보여주었다. 일상적으로 이중언어(bilingual)의 환경에 놓여 있는 이민자 시인이 이렇듯 치열하고도 견고한 언어적 자의식을 가진 사례는 우리 시단에서 매우 드문 일일 것이다. 그만큼 한혜영 시인은 오랜 기억과 감각 속에 녹아 있는 모국어의 심미적 진경을 누구보다도 아름답게 개척하고 완성해낸 경우이다. 이번 시집에서도 그녀는 이민자로서의 삶 사이사이에, '모국어'를 통해 삶의 심층과 만나는 순간들을 지속적으로 보여준다.

기도문 같은 주문 몇 마디에
주인들은 훌훌
벗어서 갖고 온 수피를 맡기고 간다

교회와도 같은 속성이 내재한 곳이어서
꼬박꼬박 헌금을 챙기는 세탁소 주인은
종종 자신이 수도사인 줄 착각을 한다

여기선 상처와
얼룩만을 들여다보는 것이 원칙이다
향유 대신에 화공약품을 견디면서 대속하는 것들
맞고 비틀리던 수피는
옷걸이에 매달리는 고통쯤은 기꺼이 감당한다

정작 죄인인 주인들은 끝끝내
자신이 맡긴 것이 옷인 줄 안다
지폐 한 장을 움켜쥐고 찾으러 갔을 때
수피는 우러러보아야 마땅한 곳에 걸려
막달라 마리아를 굽어보던 예수처럼
연민 가득한 눈으로
제 주인을 굽어보는 것이다

　　　　　　　　　　　—「수피(獸皮)와 세탁소」 전문

　이 작품은 '세탁소'를 '교회'나 '사원'의 속성으로 치환하여 묘사하고 있는 이색적 시편이다. 어느새 세탁소 주인은 '수도사'가 되고 '기도문/헌금/향유/대속' 등의 기표적 연쇄가 세탁소를 성스러운 공간으로 바꾸고, 급기야는 세탁소에 걸린 옷이 "우러러보아야 마땅한 곳에 걸려/막달라 마리아를 굽어보던 예수처럼/연민 가득한 눈"으로 아래를 내려다보는 것으로 시인의 상상력이 진행된다. 여기서 '수피(獸皮)'란, 시인이 바라본 짐승들의 "상처와/얼룩"일 것이다. 그러니 시인은 "여기

선 상처와/얼룩만을 들여다보는 것이 원칙"이라고 말하지 않
는가. 고통의 시간을 넘어, 치유와 화해를 기꺼이 감당하면서,
시인은 세탁소에 맡겨진 것이 옷이 아니라 "향유 대신에 화공
약품을 견디면서 대속하는 것들"이며, 세탁소는 그들이 연민
의 힘으로 거듭나 오히려 인간을 지극하게 바라보는 성소(聖所)
로 변모한다. 미국 생활에서 얻은 구체적 경험을 아름다운 종
교적 상상력으로 옷 입혀 삶의 '상처'와 '얼룩'을 치유하려는
시인의 성정이 묻어나는 곡진한 시편이다. 생각건대 그 치유
과정이 바로 시인의 '시쓰기' 과정일 것이고, 시인은 '세탁소'
에서도 성스러운 '언어'를 발견하는 것이다. 다음은 시집 표제
시편이다.

대구탕, 순두부 한 그릇 만나러 고향집 간다
시간 반도 넘게 운전을 해서 올랜도 간다

고맙다고, 고맙다고 대구탕, 순두부가 고맙다고
같이 밥 먹어줘서 고맙다고

벌건 얼굴로 꾸벅꾸벅 맞절하러 올랜도 간다
이것이 생(生)이지 펄펄 끓는
뚝배기에 숟가락 담가보려고 올랜도 간다

비라도 내리는 날은
좀 더 멀리까지 나가보고 싶지만
그것이 눈발이라면
영영 달아나 돌아오지 않을 수 있을 테지만

플로리다서 눈발이라니? 당치도 않은 말 때문에
귀갓길 아직 지우지 못하는

우리는 생리를 치르듯 한 달에 한번
꼬박꼬박 올랜도 갔다가 집으로 온다

—「올랜도 간다」 전문

테마파크 월트 디즈니 월드의 도시로 잘 알려져 있는 플로
리다 올랜도는 어쩌면 가장 미국적인 이미지가 있는 곳이다.
그런데 시인은 반대로 "대구탕, 순두부 한 그릇 만나러 고향집
간다"고 말한다. 오래 운전해 도착한 올랜도는 그렇게 "고맙
다고, 고맙다고" 맞절하러 가는 곳이다. 시인은 바로 그 올랜
도 가는 순간을 일러 "이것이 생(生)"이 아닌가 하고 묻는다.
그러니 '올랜도'는 "펄펄 끓는 뚝배기에 숟가락 담가보려고"
가는 '고향'과도 같은 곳이다. 아니 좀 더 멀리까지 나가보고
싶은 소망을, 아니면 영영 달아나 돌아오지 않을 곳까지 이르
고 싶은 소망을, 시인은 올랜도로의 하룻길로 상상한다. 이민
자 생활에서 오는 고적과 애환을 '생'이라는 가장 본원적인 말
속에 담아, '올랜도'에서 펄펄 끓는 고향을 만나는 한혜영 시
인은 자신처럼 "외로움은 보탤수록 커다란 적막이 된다는"
(「나그네새들」) 사실을 깨달아간다. 그 '적막'이 바로 아버지
의 만년필이 품고 다니셨을 '침묵'과 등가를 이루면서, 시인이
쓰는 '시(詩)'의 원형이 되어준 것이다.

지금까지 우리가 읽어온 것처럼, 이번 시집에서 한혜영 시

인은 '시쓰기'의 깊은 자의식을 통해 심미적 사유와 감각을 아름답게 풀어놓았다. 시인은 언젠가 스스로 "하나는 크리스털처럼 상처받기 쉬운 여성성과 질그릇처럼 투박하지만 모든 걸 포용할 수 있는 모성적 측면"이라고 여성의 속성을 규정한 바 있는데, 그녀가 보여준 치유와 상생의 에너지는 이번 시집을 가득 채우면서 그러한 여성성을 보다 넓고 깊게 형상화하게끔 해주었다. 그래서 우리는 "시인은 스스로 대상을 불러들이는 주술사이자 그 소리를 고통스럽게 품었다가 날개를 달아 세상에 내어"놓는다는 그녀의 말을 깊이 수긍하게 된다. 비록 자신의 생을 일러 "나는 누구에게 마중물인 적이,/아마도 없을 거야"(「마중물」)라고 반성적 토로를 했지만, 우리는 그녀의 시편들이야말로 '두려움'과 '비명'과 '불안'으로 가득한 이 세상을 살아가는 사람들의 '마중물'이 될 것이라고 기대한다. 아름답고 애잔하고 미더운 그녀 목소리가 그러한 소임을 다할 것이라고 소망해보는 것이다.

柳成浩 | 문학평론가 · 한양대 교수

푸른사상 시선 30
올랜도 간다